CW00432650

CLAIRE BRETECHER

Frustrés 5

EDITÉ PAR L'AUTEUR

IMPRIMÉ PAR CLAIRE BRETÉCHER SUR LES PRESSES DE
IMPRENTA HISPANO AMERICANA, S.A., CTRA. A SANTA CRUZ DE CALAFELL KM. 8,8
SANT BOI DE LLOBREGAT, BARCELONA
ISBN 2-901076-07-6
DÉPÔT LÉGAL: B-8779-1990
IMPRIMÉ EN ESPAGNE
COPYRIGHT © CLAIRE BRETÉCHER 1980

COURIR

Piotr Barychneïev
dans un extrait de "Walking in the Cr...
Chorégraphie d'Alvin Cuhningley
au Centre Américain du Leroux-Bottereau

Jusqu'au
15 novembre

BRETÉCHER

GRAS-DOUBLE

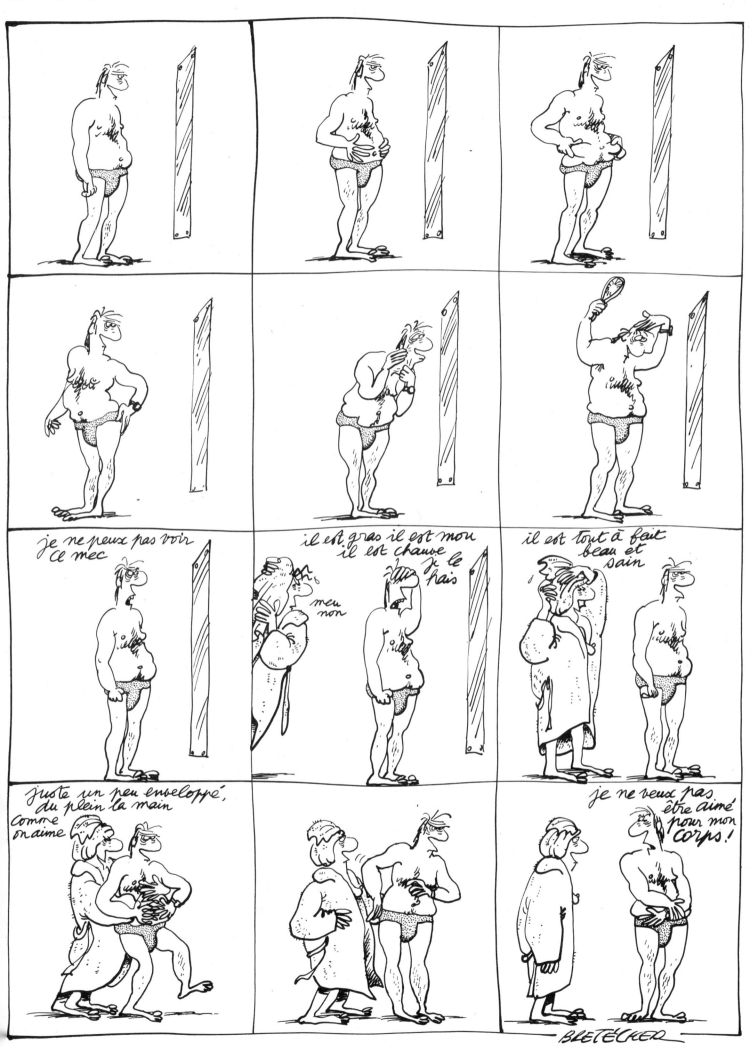

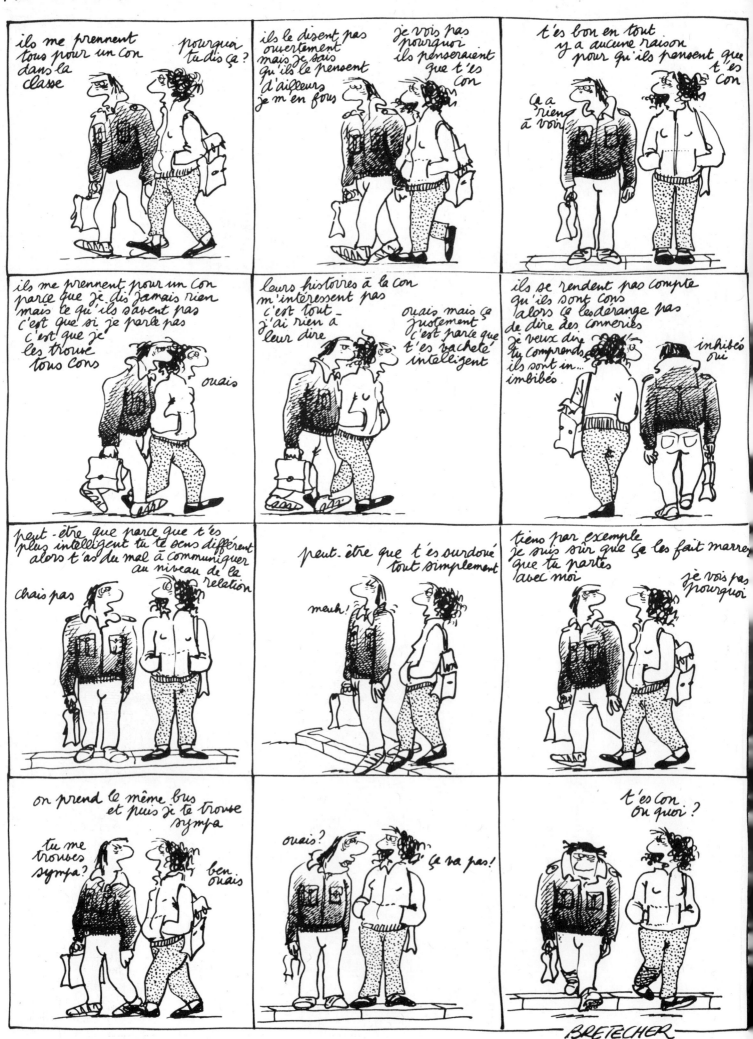

LE FIANCÉ

SALLE COMMUNE

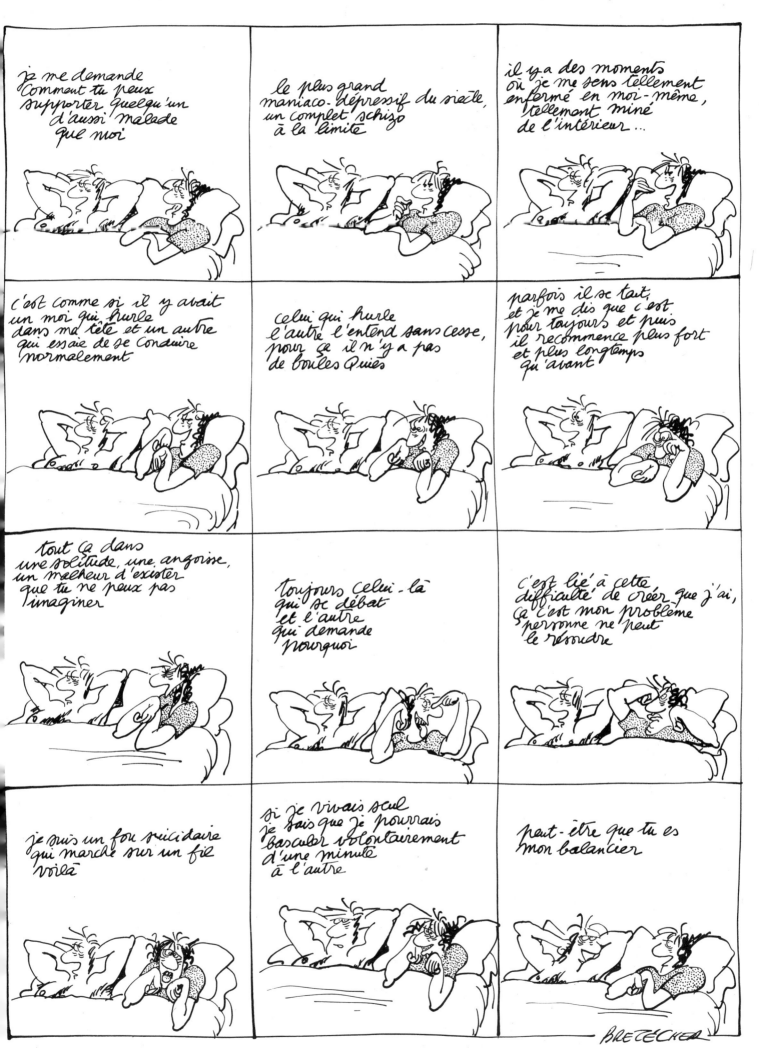

je me demande comment tu peux supporter quelqu'un d'aussi malade que moi

le plus grand maniaco-dépressif du siècle, un complet schizo à la limite

il y a des moments où je me sens tellement enfermé en moi-même, tellement miné de l'intérieur...

c'est comme si il y avait un moi qui hurle dans ma tête et un autre qui essaie de se conduire normalement

celui qui hurle l'autre l'entend sans cesse, pour ça il n'y a pas de boules Quiès

parfois il se tait, et je me dis que c'est pour toujours et puis il recommence plus fort et plus longtemps qu'avant

tout ça dans une solitude, une angoisse, un malheur d'exister que tu ne peux pas imaginer

toujours celui-là qui se débat et l'autre qui demande pourquoi

c'est lié à cette difficulté de créer que j'ai, ça c'est mon problème personne ne peut le résoudre

je suis un fou suicidaire qui marche sur un fil voilà

si je vivais seul je sais que je pourrais basculer volontairement d'une minute à l'autre

peut-être que tu es mon balancier

BRETECHER

DUO SUR CANAPÉ

Écriture

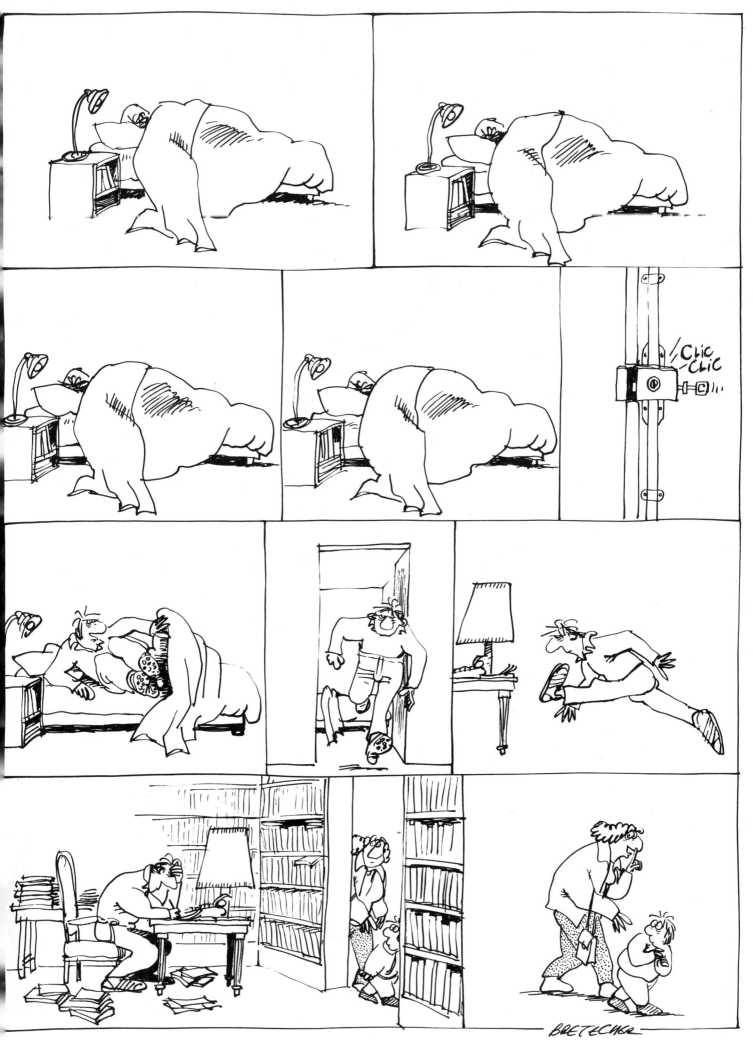

LE DROIT À L'ERREUR

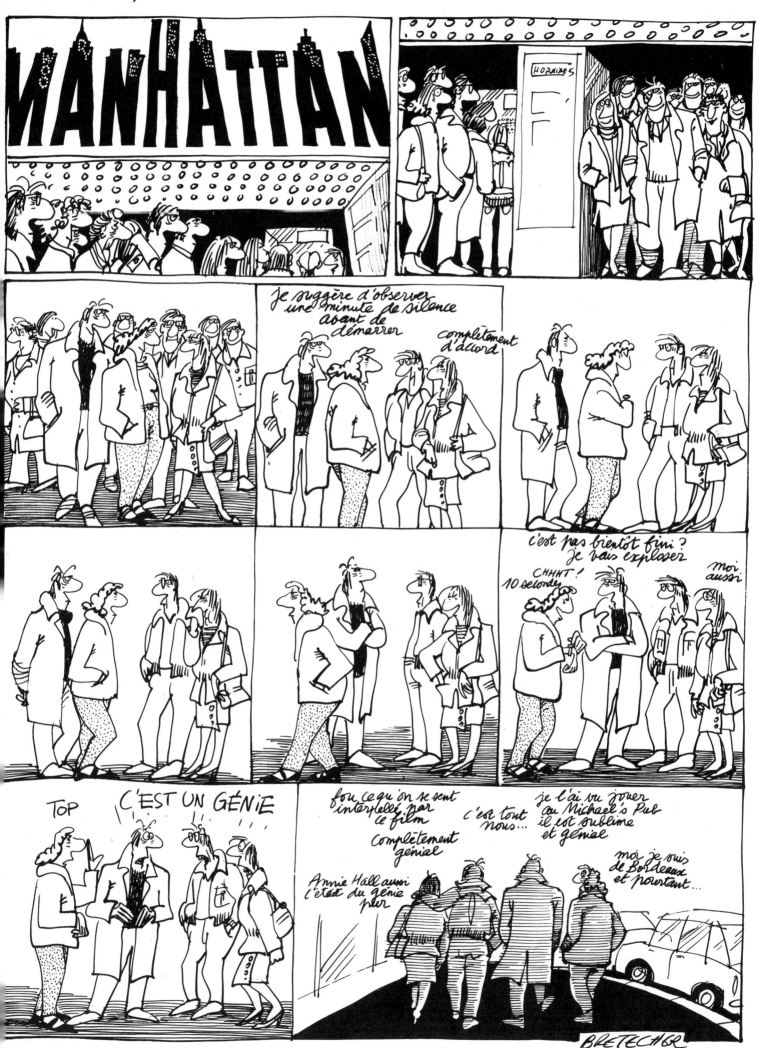

VINGT MINUTES POUR COMPRENDRE

nous sommes réunis sur le plateau avec ces 4 jeunes qui ont bien voulu venir aborder avec nous les problèmes posés par l'alcool et la drogue... entrons sans perdre de temps dans le vif du sujet

Clément... que recherches-tu dans la drogue ?

ben...eeee... c'est pasque rien m'intéresse dans la vie eeee, avec le nucléaire tout ça on est écœurés, alors les jeunes on se drogue

moi je crois que c'est par manque d'amour, bon enfin on vit dans un monde très très dur eeee enfin complètement déshumanisé alors les jeunes on en a marre alors on se shoote

c'est très important ce que tu viens de dire là Herminie...

je pense que les jeunes on a pas de champ ouvert à notre besoin d'action eeee on n'a pas d'idéal bon, la civilisation occidentale est en train de s'écrouler, y a plus de valeurs alors eee y a plus de valeurs...

c'est Edgar qui parle...

alors on se verse un scotch, on se roule un joint, on se fait une ligne de coke

merci Edgar ! des appels au standard Max Laurent ?

eh bien oui... nous avons à la seconde même 718 appels de jeunes téléspectateurs qui demandent à Edgar le téléphone de son contact pour la co...

MERCI MAX LAURENT ! voyons, qui ne s'est pas encore exprimé... Amanda?

Amanda tu as 16 ans tu te drogues et tu bois, pourquoi ?

parce que c'est bon

BRETECHER

LE PROCÈS DE REDON

monsieur le Président, messieurs les jurés, messieudames

la dame que vous voyez au banc d'infamie est accusée d'un crime plein de maestria

c'est moi

CHHT

le 10 juin 1978 la comtesse Marie-Françoise de Rochambol Ben Menoua a tué son mari en lui découpant la calotte crânienne à l'aide d'une pince à ongles à canon scié...

... ensuite de quoi elle a coupé en tranches de 3 à 5 cms d'épaisseur le corps du malheureux et l'a disposé en couches dans une cantine métallique de type militaire, en fait en vente chez Habitat....

avec entre les couches : échalotes hachées sel, poivre muscade et bouquet garni volé dans le parc du voisin le marquis de Keystone-Porée

la malle du crime fut alors placée dans un four à céramique... le lendemain même avait lieu le mariage de la propre fille de la Comtesse...

laquelle fit servir son mari en plat de résistance du repas de noces. Avez-vous encore faim messieurs?

ça craint sec! faudrait voir à la raccourcir si j'ai un conseil à vous donner

ne nous énervons pas et faisons entrer le premier témoin

Agnès de Rochambol Ben Menoua épouse Francheteau

jurez de dire la vérité toute la vérité rien que la vérité levez la main droite et crachez votre chewing-gum

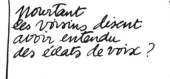

avez-vous jamais été témoin de disputes entre vos nobles parents?

non monsieur le Président

pourtant les voisins disent avoir entendu des éclats de voix?

oui mais ce n'étaient pas vraiment des disputes... maman disait à papa : « vous n'êtes qu'un salaud d'enculé de métèque » et elle essayait de le noyer dans l'évier de l'office...

continuez...

1

LES AUTONOMES

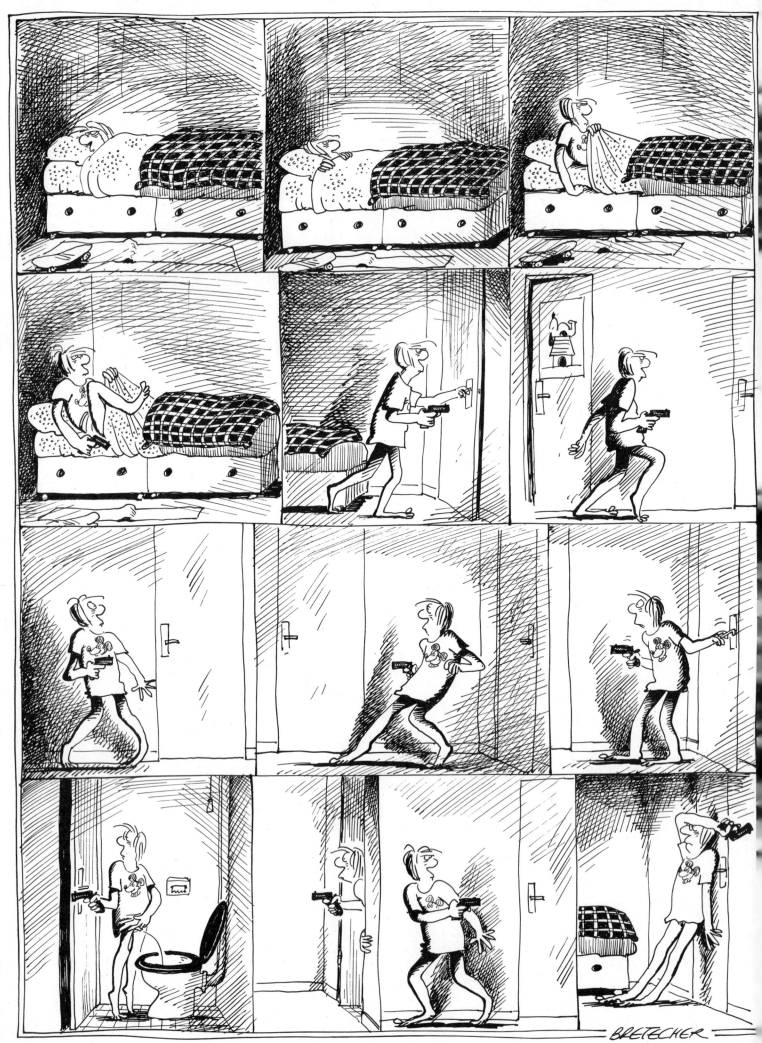

QUE MA JOIE DEMEURE

j'ai eu beaucoup de chance dans ma vie je le reconnais...

... je dois dire que je suis douée pour le bonheur... ce n'est pas si facile qu'on peut croire, le bonheur se mérite il se construit jour après jour...

... je suis très gaie de nature... la gaité est une vertu vous savez c'est une forme de courage et je crois n'en avoir jamais manqué...

... Bien sûr j'ai rencontré des gens prodigieux, de fabuleux créateurs... oh, un peu partout... j'ai beaucoup voyagé... c'était inévitable dans mon métier et j'ai toujours été passionnée par les gens fascinants

Non, je ne me suis jamais trouvée vraiment belle. je veux dire ce qui s'appelle belle. Bon, je ne suis pas mal mais il y a des jours où devant mon miroir il m'est arrivé de me dire : "ma pauvre fille tu n'es pas formidable" mais je crois que l'important c'est l'expression... c'est d'être vivante

Non je trouve la célébrité parfaitement supportable... à condition bien sûr de ne pas se laisser manger (j'allais dire "bouffer")... il faut avoir son jardin secret et pour moi la priorité absolue a toujours été ma vie privée...

Georges (je dis Georges parce que pour moi il est Georges) est un homme merveilleux... très droit, très bon... un homme de qualité... parfois un tout petit peu jaloux... hé, quand on aime!

je me suis efforcée d'être à ses côtés le plus souvent possible... même, surtout, dans les difficultés qui d'ailleurs, je le crois, nous ont rapprochés; oui... je pense avoir une petite part dans la réussite de sa carrière...

j'ai la chance d'être très proche de mes filles... nous sommes de vraies amies; de mon fils aussi bien sûr encore qu'il voyage beaucoup du fait de ses responsabilités... Enfin!... nous retrouver tous réunis dans notre grande maison de Maubuisson est toujours une grande fête pleine de fous-rires...

tant de gens se plaignent de leurs enfants, moi j'ai eu de la chance... il faut dire qu'au risque de paraître démodée j'attache une grande importance à l'éducation... cela dit je confesse une faiblesse ridicule vis-à-vis de mes petits-enfants... oui, justement nous venons d'avoir une petite Samantha

Quand je pense à la vie dure, pénible que mènent tant de gens... tous ces métiers ennuyeux, les trajets épuisants, les soucis financiers, oui, je me dis sans cesse : "tu es une privilégiée"

je considère que j'ai eu... que j'ai une vie merveilleuse

BRETÉCHER

LES POTS

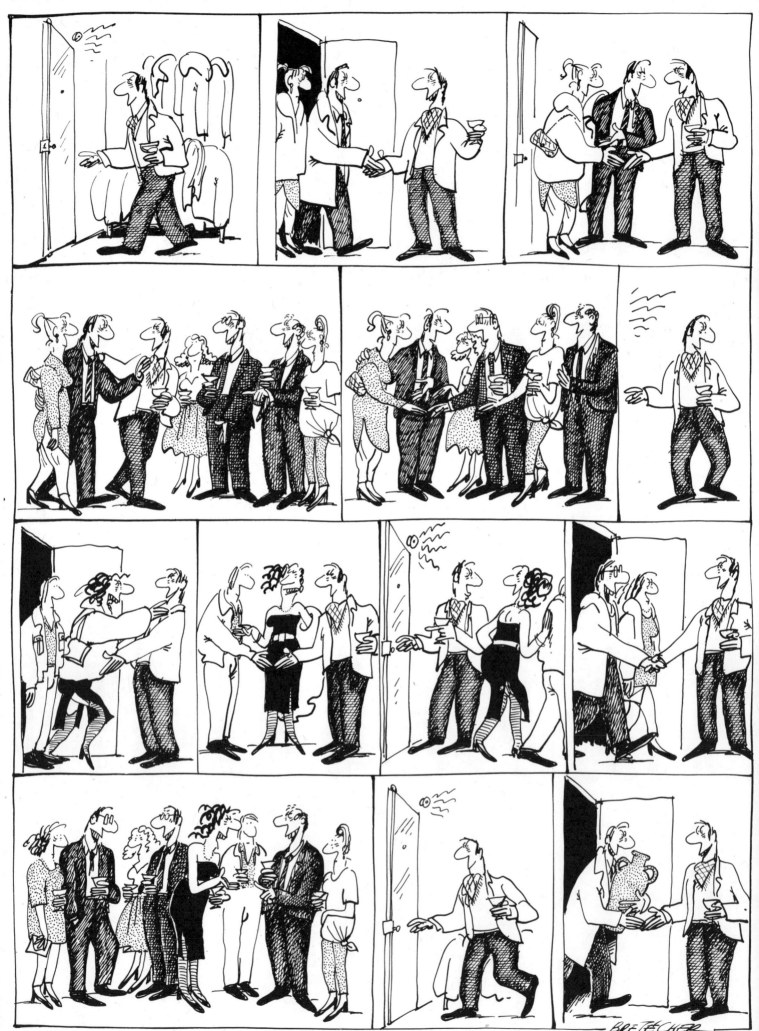

LE RETOUR DES CENDRES

BREZECHER

LE RÉVEILLON DE GUIGUITTE

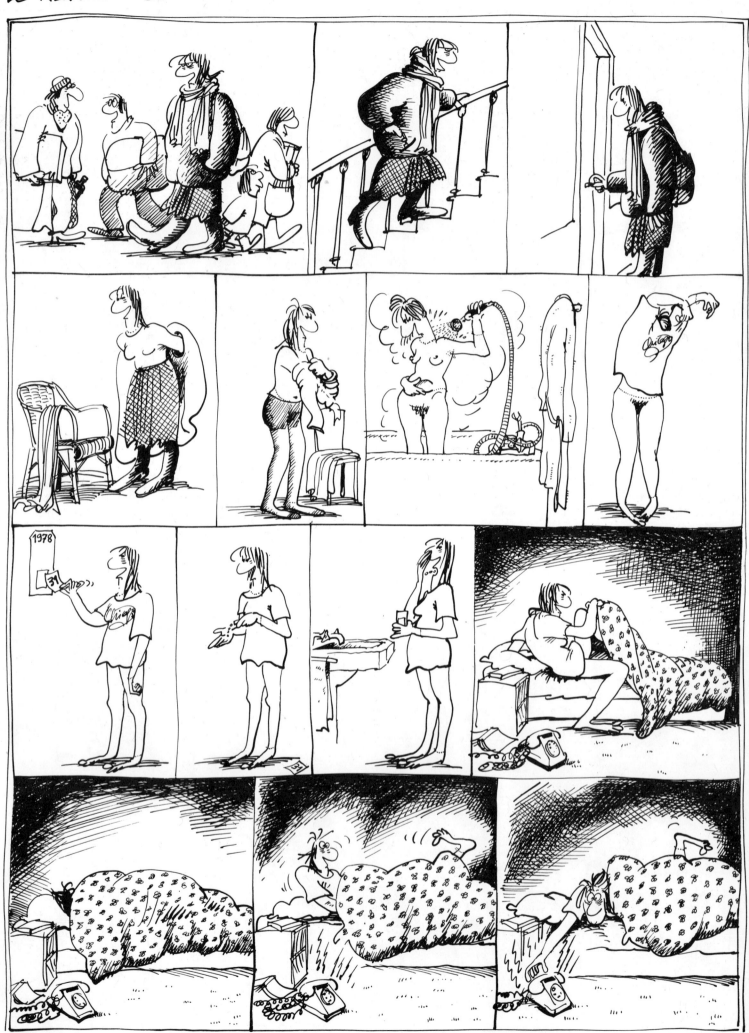

LES VOILÉES

GÉLULES

VIRAGE

LES PERFOREUSES

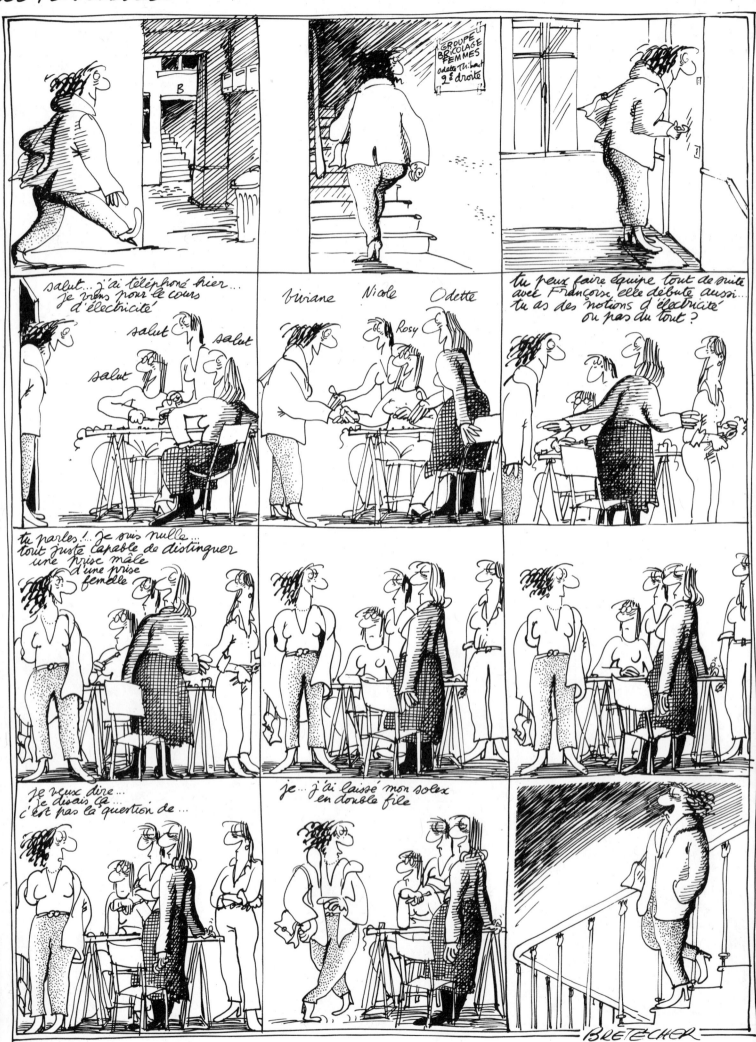

LES FEUX DE LA NUIT

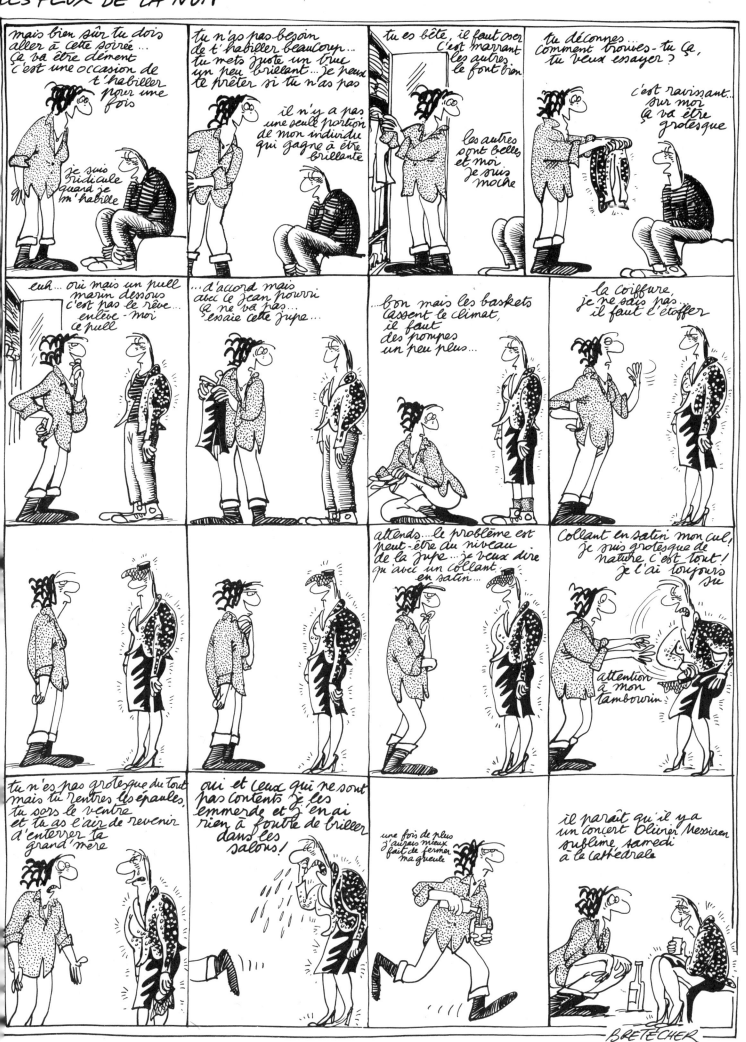

LE VÉCU DE L'ÉCRIT

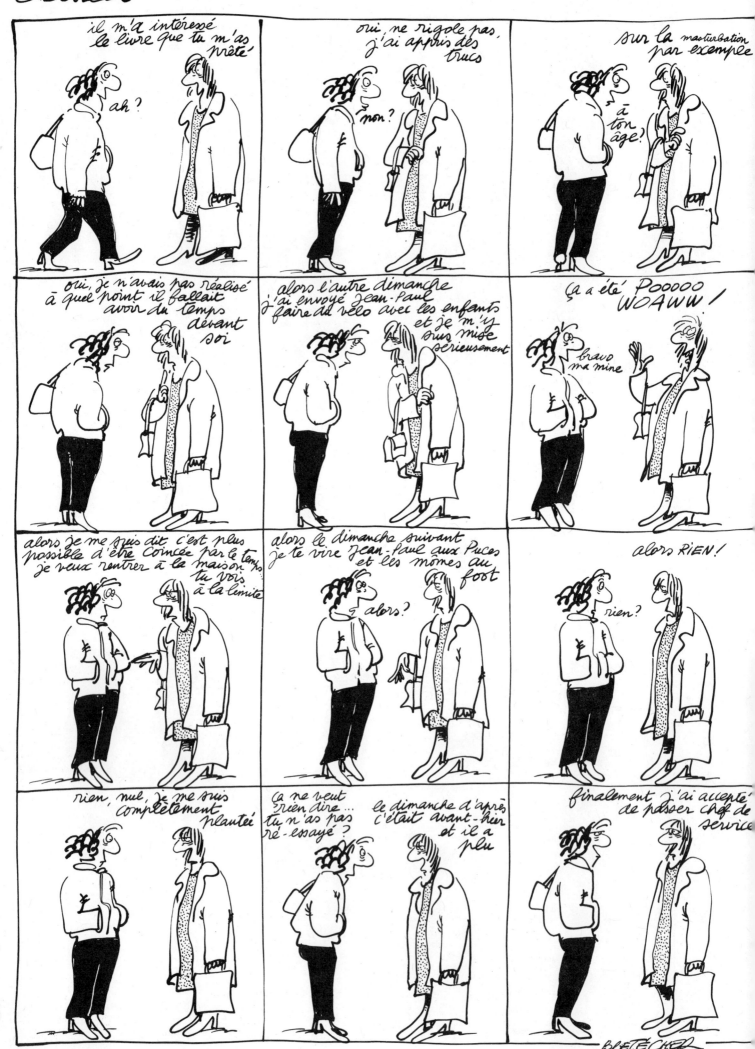

UN INGRAT

BÉNIE

DRAME DE LA JALOUSIE

BRETECHER

LES MOTS

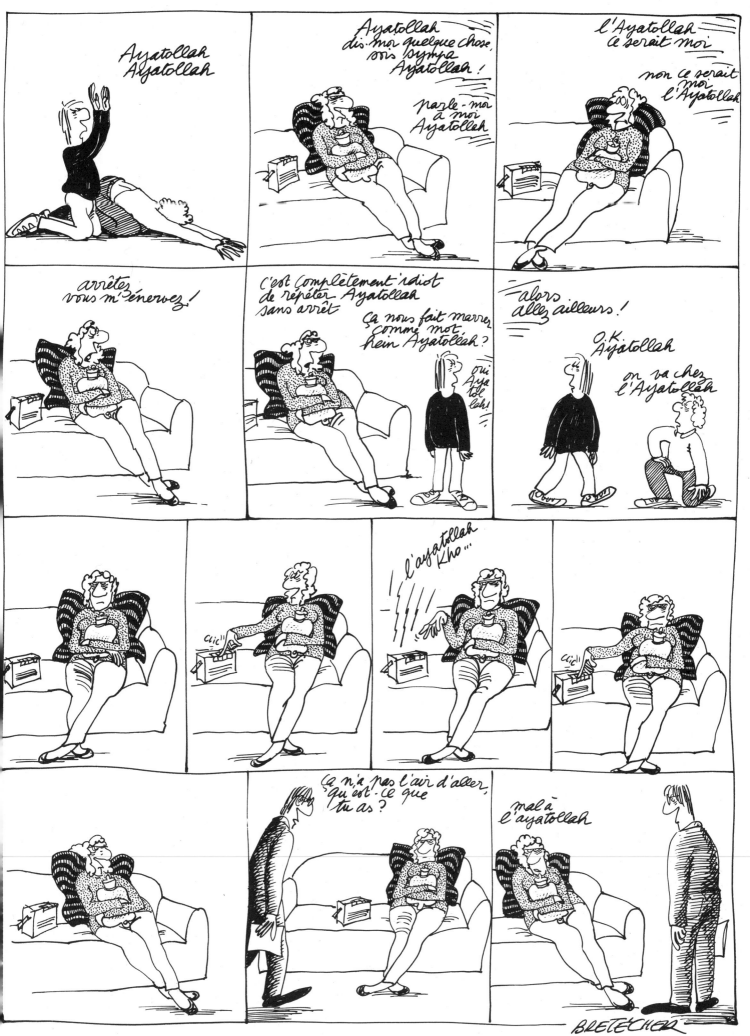

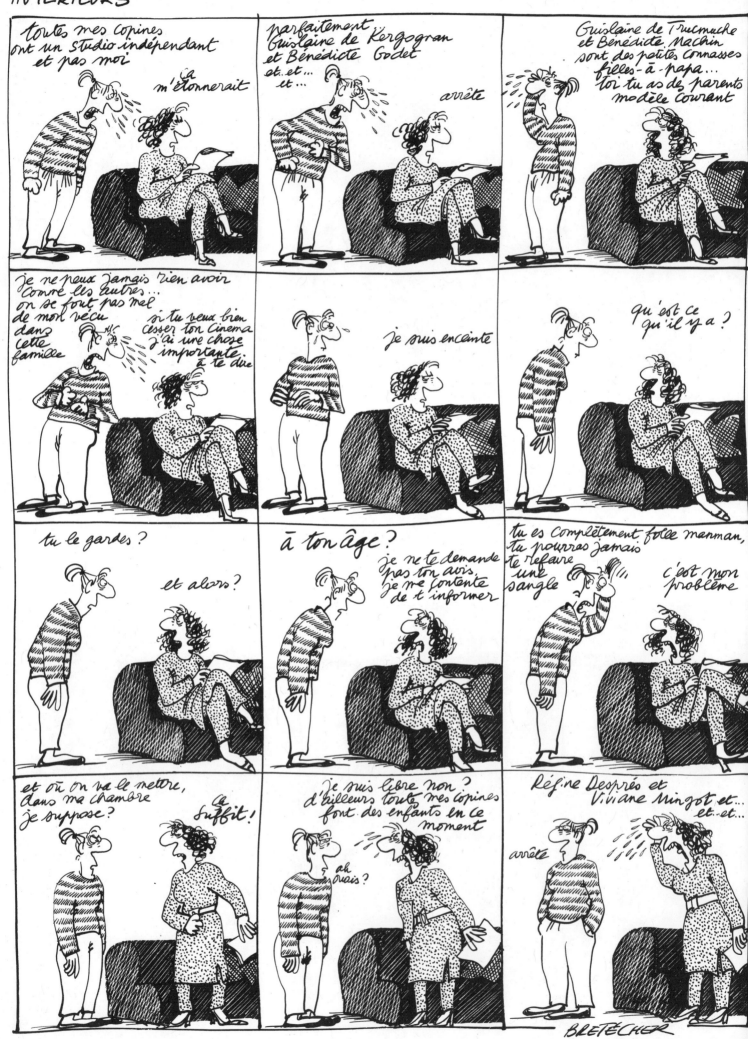

la vraie politesse vient du cœur